三面を水で囲まれた坂の多い街。

8つもカーブのある急勾配の道、

涼しくて霧深い夏と温暖な冬、

世界中の人々が訪れ、

サワードウパンや捕れたての

カニ、ジェラトアイスクリーム

や点心が美味しい。

「色付の婦人達」と呼ばれる

ジンジャーブレッドで作られた家、

ケーブルカー、消化船、

自転車で引く力車タクシー、

ビルや通りの下に深く埋った

廃船すらある。

これはどこの街？

それは湾岸の街、

サンフランシスコ。

世界中の子供達のために　－　子供達の将来のために。

謝辞

資金集めの一方法として「湾岸の街」の出版のアイデアが出たのが1988年。以来、多くの方々がこのプロジェクトのために無償で時間や技能を使って協力してくれました。特にトゥリシア・ブラウンとエリサ・クレヴン、サンフランシスコ公文書保管人グラディス・ハンセンと弊社編集長のビクトリア・ロックに感謝の意を表したいと思います。また、ジル・ブルバッカーとクロニクル・ブックス社の他のスタッフ達、ローラ・ジェイン・コーツ、および力強い支援を送って下さった多くのコミュニティーの友人達にもお礼を言いたいと思います。最後にプロジェクトの展開、調査、著作、および本書の販売促進にご助力頂いたリーグのメンバーの皆さんに心から御礼を申し上げます。これらの人々のビジョンと創作力と献身的努力が、今後多年にわたって多くの方々に本書を通じて感じ取って頂けることでしょう。

SPECIAL THANKS

The following community friends provided invaluable assistance in the creation of this book:
Susan Faust, librarian, Katherine Delmar Burke School, San Francisco
Gladys Hansen, archivist, The Museum of the City of San Francisco
Martha Jackson, children's book buyer, A Clean Well-Lighted Place for Books, Larkspur, CA
The Japanese Consulate-Information Center Staff, San Francisco
Sharyn Larsen, owner, The Storyteller Bookstore, Lafayette, CA
The Mission Dolores Staff, San Francisco
Effie Lee Morris, board member, California Library Services, San Francisco
The Museo ItaloAmericano Staff, San Francisco
Rose Pak, consultant, Chinatown Chamber of Commerce, San Francisco
Neel Parikh, chief of branch libraries, San Francisco Public Library

DONATIONS FOR THIS BOOK WERE GENEROUSLY PROVIDED BY:

Bechtel Group, Inc.　　Levi Strauss and Company　　Pacific Gas and Electric Company
Chronicle Books　　Nestlé Beverage Company　　Pillsbury Madison & Sutro
Ghirardelli Square

湾岸の街

サンフランシスコを巡る魅惑の旅

絵：エリサ・クレヴン　文：トゥリシア・ブラウン

及び サンフランシスコ・ジュニア・リーグ

chronicle books · san francisco

何世紀もの間、おそらく何千年もの間、サンフランシスコとサンフランシスコ湾一帯を知っているのは、中央カリフォルニアの小さな村々の土着の住民だけだった。それぞれの村ではその村独自の言葉が使われ、その結果、全体としての共通の名前は存在しなかった。

やがてスペイン人がやって来て、住民たちをコステロ「海岸の人々」と呼んだ。後に、英語を話す人々が移住してきて、コスタノアンと呼んだ。今日、古くからの住民の子孫たちは、自分たちのことを一般にオーローンと呼んでいる。16世紀後半になると、世界中から探検家がやって来て、サンフランシスコ半島のまわりを航海するようになった。それ以降、サンフランシスコの住民構成は文化のモザイクと言え、いつも変化し続けている。

現在に至る

1579年 イギリス海軍の司令官であり探検家であったサー・フランシス・ドレイクが、サンフランシスコ北部を航海して、現在のドレイク湾に到着。

1595年 ポルトガルの探検家、セバスチャン・ロドリーゴ・セルメーニョが、同じ小さな入江に到着。サンフランシスコの入江と名づけた。

1700年代 ポルトガルとスペインの船乗りが、カリフォルニアの海岸を目指して次々とやって来た。しかし海岸線がでこぼこだったため、現在のサンフランシスコ湾へ続くせまい入口は、見つけられなかった。

1769年 スペインがバハカリフォルニアからアルタカルフォルニアにかけて伝道所を設立。新たな伝道所設立の場所を探しているときに、ドン・ガスパール・ドゥ・ポートラと偵察隊が偶然サンフランシスコ湾を発見した。

1775年 スペイン海軍のジョアン・マヌエル・ドゥ・アヤーラ中尉は、ゴールデンゲート海峡を通って世界有数の規模の自然港であるサンフランシスコ湾まで、初めて航海した。

1776年 アシシの聖フランシス教会が建てられた。後に近くの湖にちなんでドローレス教会と呼ばれる。エル・パラヘ・ドゥ・ユーバ・ブエナ（良いハーブの場所）と呼ばれる静かな部落が教会の周りに広がった。その一帯は

までの街の変遷...

うねった丘地の木もない泥地や砂丘だったが、そんな砂丘に自然に育つ「よいハーブ」がミントだった。

1846年　アメリカ船U.S.S. ポーツマスの船員がエル・パラヘ・ドゥ・ユーバ・ブエナを支配した。翌1847年にこの新開拓地の名前をサンフランシスコと改めた。

1848年　シエラ・ネバダの丘陵で金が発見され、その後の2年間でサンフランシスコの人口は900人から56,000人に増加。金鉱掘り、つまり「フォーティーナイナー」(1849年にちなんでそう呼ばれる)が殺到したからだ。

1848年～　サンフランシスコと東海岸を結ぶ大陸横断鉄道が
1906年　完成。ゴールドラッシュと相まって、サンフランシスコはにわかに活気づく。砂丘は整地されて建物が建てられ、木が植えられた。護岸工事がなされ、船から桟橋に貨物を陸揚げできるようになった。

1873年　ケーブルカーの営業開始。

1906年　4月18日早朝、マグニチュード8.25の地震が街を揺るがした。道路は陥没し、煙突には亀裂が走り、建物は倒壊、ガス管や水道管は破裂した。3日間にわたる大火災で3,000人以上が死亡、28,000棟にのぼる建物が焼失した。街の西側は、軍隊がヴァン・ネス通りの東側の建物を爆破して防火帯を作ったため、焼失を免れた。

1914年　トロリーバスが起伏のある市内の道路を走り始める。

1927年　街の南側の湾沿いにサンフランシスコ空港が開港。

1936年～　ゴールデンゲートブリッジとサンフランシスコ・オー
1937年　クランド・ベイブリッジの建設。それまでの湾内主要交通機関であったフェリーボートへの依存の時代が終わる。

1972年　BARTと呼ばれる湾岸高速線が運行開始。半島やイーストベイからサンフランシスコへの通勤が、いっそう便利になった。

1989年　10月17日夕刻、マグニチュード7.1の地震が街を襲った。湾岸地区で63名が死亡、およそ1,000棟にのぼる建物が被害を受けた。再びガスや水道が使えなくなり、容易に火災が発生した。水が不足していたが、フェニックスと呼ばれる消防艇が湾の水をポータブルの消火栓に汲み上げた。

現在　毎年大勢の観光客がサンフランシスコを訪れ、穏やかな気候、美しい自然の景観、そしてさまざまな文化的魅力を楽しんでいる。世界中からの移民は続いており、街の生活を豊かに織りなし、サンフランシスコを魅惑の街にしている。

チャイナタウン

ゴン・ヘイ・ファー・チョイ！　中国語で「明けましておめでとう」です。西半球で最大の中国人町であるこの界隈では、新年は特別なときです。人々はお互いの幸運と幸せを祈りあい、子どもたちはレイシーと呼ぶ小さな赤い封筒に入ったお年玉をもらいます。

正月は月の満ち欠けによって1月か2月に祝います。年ごとに中国式の干支にちなんだ名前がつけられます。パレードや式典がたくさん行われ、悪霊を追い払い、幸運を呼び込むよう爆竹がいっぱい仕掛けられます。

チャイナタウンは年中カラフルです。グラント通りを歩くと、堤灯のような街灯や中国語の通り名が目に入ります。八百屋の店内から歩道にまであふれている新鮮な野菜や果物をお見のがしなく。数々あるレストランから漂う匂いを楽しんでください。点心で中国式の昼食にしますか？

日本庭園

3月になると、日本庭園は桜が満開になり、ピンク色に息づいてきます。もともとは1984年のカリフォルニア冬季万国博覧会のために設計されたものです。後年、庭師の萩原さんがこの魅惑溢れる約2ヘクタールの庭園に手を入れ、街の真ん中に閑静な雰囲気の漂うオアシスを作り出しました。丸橋を渡ったり、お茶を飲んだり、おみくじクッキーを楽しんだりできます。

庭の茂みの中にある高さ3メートルほどの銅像はおよそ200年ほど前に日本で作られ「雨ざらしの仏」と呼ばれていました。

ケーブルカーと
ロンバード通り

ロンバード通りは、今でこそくねくね曲がっていることで有名ですが、1922年以前はまっすぐな急な坂で、馬車も荷馬車も使えませんでした。歩いて上り下りするしかなかったのです。自動車が発明されてから、市によって8ヵ所にカーブが設けられ、車も通ることができるようになりました。今日ではこの曲がりくねった通りを下りたい観光客達の車が列を作って待っています。

ハイド通りを走るケーブルカーからも、ロンバード通りを見ることができます。急な坂を荷馬車を引いて上っていく馬をかわいそうに思ったアンドリュー・ハリディーが、1873年にケーブルカーを導入しました。最初人々は彼のこのアイデアを嘲笑しましたが、彼は諦めませんでした。現在サンフランシスコのケーブルカーは、米国の文化財となっています。

ゴールデンゲート ブリッジ

晴れた晩にマーチン・ヘッドランドからサンフランシスコを眺めると、街の煌めく明かりやゴールデンゲートブリッジ、サンフランシスコ・オークランド・ベイブリッジが見えます。また霧の流れ込む夜には、霧笛が聞こえ、まるで毛布のように霧がゴールデンゲートブリッジを包み込むと、ひんやりした霧を感じることができます。

この橋の名前はゴールデンゲートブリッジですが、橋は「万国共通のオレンジ」色に塗られています。この名前は湾の入口、ゴールデンゲート海峡にちなんでつけられました。

一部の人達はゴールデンゲート海峡を渡す橋は決して建てられないと信じていましたが、必ずできると意を決した技師のグループがその方法を見付けました。1937年に完成。全長約1,966メートルというのは、フットボールの競技場の20倍以上！ 最も高い橋塔は約227メートルで、70階建てのビルの高さに相当します。

橋を支えるメインケーブルに使用されているワイヤーの全長は、地球を3周する長さになります。

ドローレス教会

ドローレス教会はサンフランシスコで最も古い建物で、カリフォルニアの海岸沿いに建てられた21の伝道所の1つです。

スペインから渡ってきたフランシスコ修道会の神父たちが1776年に設立したもので、最初は木造でした。現在の建物は1782年に建て始められ、1795年に完成しました。アドビ煉瓦造りの壁は基礎幅が約1.3メートルで、煉瓦造りも、明るい植物染料を使った天井の模様を描いたのもオーローンインディアンです。鐘は元々メキシコから運ばれたもので、いまも鳴らされています。瓦屋根の下の三角アーチの中に今も見られます。

アグエロ、ノエ、サンチェスなどのようなドローレス教会の墓地にある墓石に名前を残す歴史的な人物の名がサンフランシスコの通りの名としてよく使われています。スペインの影響は通りの名だけでなく、レストランや建築様式、色彩豊かな壁画など、このミッション・ディストリクトと呼ばれる布教区域全体に見られます。

ノースビーチと
コイトタワー

ノースビーチ（北の浜辺）は浜辺などではありません！　店やコーヒーショップ、レストランなどが並ぶ、活気あふれる一角のことを指し、別名を「リトルイタリア」といいます。大勢のイタリアからの移民がここに住居を構えたからです。1906年の地震の直後、ノースビーチのテレグラフヒル（電信の丘）を救おうと、ここのイタリア移民たちは、ワイン樽を運び上げ、丘をはい上がってくる火の手に赤ワインをかけて、火を消しとめました。

この丘のてっぺんにあるのが、1933年に建てられたコイトタワーです。サンフランシスコの初期の歴史においては、この丘は郵便や貨物や乗船客の到着を街人達に知らせる通信所があったところです。エレベーターで 16 階まで行き、それから階段を 37 段上れば、街と湾の壮観な景色を望むことができます。

パレス・オブ・ファインアーツ

元々 1915 年、パナマ太平洋博覧会のための一時的な展示場として建てられましたが、大変人気を集めたので、サンフランシスコの全景の一部として永久に残すべく後日再建されました。この優雅な宮殿の美しい姿が、芝生と木々に囲まれた天然の池に映っています。ライトアップされた宮殿の夜の眺めは、ひときわ美しいものです。ぶらぶら歩いたり、ピクニックをしたり、白鳥やアヒルに餌をやったりするのにピッタリの場所です。

宮殿は 18 階建てのビルぐらいの高さで、6 本の柱で支えられ、威厳のある丸屋根を持つ円形の建物です。中にある天使の彫刻は背丈が約 6 メートルもあります。それが一体どのくらいの背丈かを体験したい方は、お隣のエクスプロラトリアム博物館にある、1915 年の博覧会で展示されたオリジナルの天使像の横に立って見ることもできます。

ユニオン・
スクエア

世界でも指折りのショッピング街に数えられる
ユニオン・スクエアは、クリスマス休暇の間中ライ
トアップされます。巨大なクリスマスツリーや
大燭台には明かりが点され、街角の花屋には色
とりどりのブーケやリースが飾られて、街を明
るくしています。デパートのショーウィンドウ
には、本の登場人物や、クリスマスの晴れ着や
デコレーションなどがにぎやかに陳列され、
歩道には毎年この時期にやって来る観光客たち
があふれます。

ユニオン・スクエアという名前の由来は、ユニオン
と呼ばれた北部の数州が、別の独立国として南部
が分離するのを阻止するために戦った南北戦争
の時代までさかのぼります。戦争は東部で起こ
りましたが、サンフランシスコの住民の多くは
北軍を応援しました。1861年、連邦主義者たち
がここを結集の場所として使いました。それ
以来この場所はユニオン・スクエアとして知ら
れています。

湾岸の街の

灯台や霧笛、ブイは、サンフランシスコ湾を航行する船の道標となっています。船員たちは霧笛の長さや間隔を聞き分けて判断します。

・・・・・・・・・・・・・・・・・・・・・

サンフランシスコ市内には11の島があります。エンジェル島、ユーバ・ブエナ、アルカトラス、トレジャーアイランド、ファラロン諸島（ゴールデンゲートの沖の7つの島）です。

アルカトラスは「ザ・ロック（岩）」の名でも知られ、最初の灯台はここに建てられました。今は国立公園ですが、過去200年の間には色々なことがここで起こったのです。南北戦争時代は要塞であり、軍の刑務所や連邦重刑者刑務所ともなりました。

ベイブリッジは1986年に50周年を記念して、640個の電球で飾られ、その1年後に900個の永久灯が取り付けられました。

・・・・・・・・・・・・・・・・・・・・・

ベイブリッジの橋脚で一番深いものは水面下約74メートルにも達します。一番高い橋塔は湾の岩盤から約168メートルもあり、エジプトの最大級のピラミッドよりも高くなっています。

・・・・・・・・・・・・・・・・・・・・・

ベイブリッジは実際には4つの橋からできています。サンフランシスコ側の2つの吊り橋とオークランド側のゲルバー橋とトラス橋です。二組の橋が、ユーバ・ブエナ島のトンネルでつながっています。

1861年、ウェルス・ファーゴ銀行は大陸横断の郵便業務に馬を使うポニー・エクスプレスを開業、西と東の両海岸を10日間で結びました。これは列車と駅馬車に頼っていたころよりも半分の時間短縮となりました。

・・・・・・・・・・・・・・・・・・・・・

サンフランシスコ湾は本当は海水を満たす「湾」ではなく、海水と淡水が入り混じった「入江」なのです。合衆国西海岸一大きな入江で、世界中で最もいろいろな海の生き物がいる入江の1つです。

・・・・・・・・・・・・・・・・・・・・・

ストロタワーはサンフランシスコで一番高い建物で、テレビやラジオの電波をストロ山頂から送信しています。

1850年にサワードウパンがサンフランシスコの人たちに配達された時には、動物にとられないようにドアの外の釘の上に置かれていました。サワードウパンはサンフランシスコ独特のパンで、発酵用の野性酵母は、ほかでは育たないのです。

サンフランシスコには3,000軒以上のレストランがあります。

・・・・・・・・・・・・・・・・・・・・・

サンフランシスコ・バレエは国内で一番古いバレエ団で、1933年に創設されました。「くるみ割り人形」や「白鳥の湖」をアメリカで初演しました。

お楽しみガイド

「BART（バート）」とは Bay Area Rapid Transit（湾岸高速線）のことです。コンピュータ制御の電気輸送システムで、サンフランシスコとイーストベイや半島を結んでいます。

・・・・・・・・・・・・・・・・・・

バートの湾横断トンネルの長さは約5.7キロメートルで、水深約41メートルの海底を走っています。57個の巨大な鉄とコンクリートの接合部からできています。

・・・・・・・・・・・・・・・・・・

ギラデリー・スクエアの最初の産物はチョコレートではなく、元々南北戦争当時にあったパイオニア・ウールン・ミルとして北軍の制服や毛布を作っていました。

ノブ・ヒルという名は「莫大な富」を意味するヒンズー語のNabobからつけられました。ヨーロッパやアジアで金持ちになって帰ってきた商人などのことを、こう呼んだのです。

ケーブルカーはずっと動いている地下ケーブルに引っ張られています。グリップマンがレバーを引くと道路の下の溝を走っているケーブルをつかみ、ケーブルカーを動かします。一方、ブレーキマンは車輪とレールのブレーキを使ってケーブルカーを止めます。グリップマンとブレーキマンはベルでお互いに連絡しあい、停車したり、発車したりします。

サンフランシスコの消防士たちは緊急用水の貯蔵場所を見つけるのに、道路上の丸印を探します。151カ所の交差点には、舗装の中にレンガで大きな円が描かれていて、75,000ガロン（約28万3,000リットル）の貯水タンクがあることが分かるようになっています。

・・・・・・・・・・・・・・・・・・

ゴールドラッシュのとき、リーヴァイ・ストラウスは重いデニムの生地でテントを作っていました。金鉱掘りのズボンがすぐに破れてしまうのに気づき、テント地を使って、丈夫なズボンを作り始めました。これが今日のブルージーンズの始まりです。

・・・・・・・・・・・・・・・・・・

ゴールドラッシュで掘り出された最大の金塊は195ポンド（約72キログラム）もありました。これは8歳の子ども4人分の重さです。

ゴールドラッシュのときの廃船は、サンフランシスコの道路の下に埋められています。サンフランシスコの初期拡張時に埋め立て用土砂で覆われてしまいました。

トランスアメリカ・ピラミッドはサンフランシスコで一番高いビルです。48階建てで約260メートルあります。二番目はバンク・オブ・アメリカのビルで52階建てですが、約238メートルしかありません。

・・・・・・・・・・・・・・・・・・

トランスアメリカ・ピラミッドの窓拭きはどうするのでしょう？窓が回転するので、窓ガラスの両面が中から拭けるのです。

おまけ

サンフランシスコの通り編

一番曲がりくねっているのは、

ロンバードストリート
（ハイドとリーヴェンワースの間）

ヴァーモントストリート
（21番と22番ストリートの間）

一番古いのは、

グラントアベニュー（1835年）

一番長いのは、

ミッションストリート
（約12キロメートル）

一番広いのは、

スロートブールヴァード
（約41メートル）

一番狭いのは、

デ・フォレスト・ウェイ
（約1.3メートル）

一番急なのは、

フィルバートストリート
（ハイドとリーヴェンワースの間）

22番ストリート
（チャーチとヴィックスバーグの間）

ダンカンストリート
（サンチェスとノエの間、車両進入禁止）

サンフランシスコのモットー

平和には金を、戦争には鉄を

サンフランシスコの花

ダリア

サンフランシスコの色

黒と金

サンフランシスコのバラード

アイ　レフト　マイ　ハート　イン　サンフランシスコ

サンフランシスコの歌

サンフランシスコ

サンフランシスコの守護聖人

アシシの聖フランシス

この本の大きなイラストにはそれぞれ、イヌとネコと赤ちゃんがいます。見つけられますか？

サンフランシスコの旗と紋章には、市の精神の力強いシンボルとして、炎の中から舞い上がる不死鳥が描かれています。

・・・・・・・・・・・・・・・・・・・・・・・・・・

サンフランシスコの旗

サンフランシスコの紋章

湾岸地区は4度の大震災に見舞われています。1868年、1906年、1957年、1989年です。災害のたびに、サンフランシスコ市民は共に助け合い、街を再建してきました。エジプト神話で炎の中からよみがえる不死鳥のように、瓦礫の中からサンフランシスコという街は再生してきたのです。

サンフランシスコには世界中から人が集まってきているので、言葉もいろいろな文化圏から集まってきています。耳にするかもしれない外国語の単語や言い回しを紹介しましょう。

・・・・・・・・・・・・・・・・・・・・・

スペイン語

アルカトラス：ペリカン

アルタ：上、てっぺん

バハ：下、底

エルカミノレアル：気高いハイウェイ

エンバカデロ：波止場

エラド：アイスクリーム

ミッショネ：教区

ペニンスラ：島のような（半島）

プレシディオ：要塞

プエブロ：村または町

タケリア：タコスの店

イタリア語

フォカチア：オリーブオイルやハーブで味付けした歯ごたえのあるイタリアパン

ジェラート：アイスクリーム

パスティチェリア：イタリア風ペーストリーまたはその店

トラトリア：レストラン

・・・・・・・・・・・・・・・・・・・・・

中国語

ダイ・フォー：大都会 *

ディム・サム：点心

ドゥ・ポン・ガイ：グラントアベニュー

ガイ：ストリートまたはアベニュー

ガム・ルング：金竜、お祭りの厄払いに使われる神話上の生物

ガム・サン：金の山 *

（* 両方ともサンフランシスコを指す）

ゴン・ヘイ・ファー・チョイ：中国の新年のあいさつ、「あなたが成功しますように」

サン・ネン：中国の新年

・・・・・・・・・・・・・・・・・・・・・

日本語

チャ・ノ・ユ：茶の湯、お茶の儀式

ホンドー：本堂、礼拝する広間

ニホンマチ：日本町、日本人街

スシ：寿司、海苔で巻いた酢飯（生魚やキュウリをのせ、ショウガやワサビを添えます）

ウドン：うどん

探検ガイド

バート、ケーブルカー、自転車タクシー、普通のタクシー、トロリー、ボート、自転車、バスまたは車に乗って名所を訪ねよう。

湾では

昔の連邦刑務所を訪ねてアルカトラス島にフェリーで、またはエンジェル島州立公園でピクニックやハイキングの一日を。
フェリー情報：546-2805

チャイナタウンでは

ゴールデンゲート・フォーチュンクッキー社でフォーチュン クッキーができるのを見ては。
56 Ross Alley、781-3956

チャイニーズ・カルチャー・センターでは、定期的に変わる展覧会や中国人街徒歩ツアーなどを無料で提供してくれます。中国の新年のお祭り時には特別の催しもあります。
750 Kearny Street、986-1822

日本庭園の近くでは

日本庭園を囲むゴールデン・ゲート公園はおよそ4,000ヘクタール以上の敷地に木々や草花、湖や牧草地があります。一部ハイラトを紹介すると、

M.H. デヤング美術館
863-3330

アジアアート美術館
668-8921

ストライビング植物園
661-1316

ゴールデンゲート公園回転木馬
759-5884

カリフォルニアアカデミー科学館
その中にあるものは、

モリソンプラネタリウム
750-7145

ステインハート水族館
221-5100

自然歴史博物館
750-7145

ケーブルカーに乗って

パウエルストリートの2線のどちらかに乗って、ケーブルカー博物館へ。ケーブルカーがどうやって動いているか分かります。
1201 Mason Street, 474-1887

ゴールデンゲートの近くでは

ゴールデンゲートブリッジの南端の橋のふもとにあるフォートポイント国定史跡で、大砲演習の砲手になってみませんか。
556-1693

プレシディオ陸軍博物館には、スペイン占領時代からベトナム戦争までの軍の装備などが展示されています。
Funston Street と Lincoln Avenue が交差する所のビルディング2、561-4331

ゴールデンゲートを渡った向こうのベイエリア・ディスカバリー博物館では、高層ビル建築の疑似体験や沖釣り、生物学者と一緒に歩くハイキングなどができます。
487-4398

パレス・オブ・ファインアーツ内では

体験科学博物館であるエクスプロラトリウムでは、竜巻を作ったり、シャドウ・ボックスで遊んだり、霧を作り出したりできます。
360 Lyon Street, 561-0360

ユニオン・スクエアの近くでは

子供が使う粘土で最初のモデルを造り、後日ブロンズ化した彫刻家のルース・アザワによるブレッド・ドウ・ファウンテンは、すばらしいこの街のミニチュア展望を見せてくれます。
グランドハイエットホテル横
345 Stockton Street

日本人街では

数あるレストランの一つの畳の部屋でお茶を飲んでみよう。ピース広場の五重の塔やお店、舞踊や武道の実演が楽しめます。
Post、Sutter、Laguna と Fillmore Street にかけての一画。

シビックセンターでは

ウォー・メモリアル・オペラハウスで、バレエやオペラを楽しもう。
301 Van Ness Avenue: 621-6600
サンフランシスコ・バレイ：
703-9400
サンフランシスコ・オペラ：
864-3330

デイビーズ・シンフォニーホールでは、サンフランシスコ交響楽団の演奏を聴いてみよう。
201 Van Ness Avenue、431-5400

サンフランシスコ近代美術館では、絵画や彫刻、写真が展示されています。
151 3rd Street、357-4000

水辺で

ランズエンドからは、ゴールデンゲートブリッジや、マリンヘッドランド公園、ファロン諸島などが一望できます。

クリフハウスの階下にあるビジターズセンターで沖合いの野性生物のことを学んでは？その近くのミュゼ・メカニークでは硬貨で遊べるゲームがあります。それとも大きなカメラ・オブスキューラの中を歩いてみては。
どれもクリフハウス内。*1090 Point Lobos Avenue、750-0415*
GGNRA ビジターズセンター：
556-8642
ミュゼ・メカニーク：*386-1170*
カメラ・オブスキューラ：
750-0415

フォート・メーソンセンターでは、いろいろな機関が用意した美術展示や教育的なプログラムが楽しめます。
アフリカ系アメリカ人歴史文化協会
441-0640
メキシコ博物館
441-0404
イタリア系アメリカ人博物館
673-2200
若者パーフォーマーズ劇場
346-5550
どれもフォート・メーソンセンター内。
Marina Boulevard と Buchanan Street

ギラデリー・スクエアの**ギラデリー・チョコレート・ショップ・アンド・ソーダファウンテン**でチョコレートが作られるのを見てください。*771-4903*

ハイドストリート・ピアで由緒ある船を探検したり、**サンフランシスコ海洋博物館**の展示を見に行ってみては。
556-3002

サンフランシスコの歴史を調べたいなら、キャナリーにある**サンフランシスコ市立博物館**を訪ねてみよう。1906 年の大地震・火災のときの特別な展示品もあります。
2801 Leavenworth、928-0289

ほかには

ベーシック・ブラウン・ベア・ファクトリー・アンド・ストアでは、ツアーだけでなく、くまかネズミのぬいぐるみを自分で作ることがます。
444 DeHaro Street、626-0781

ランドール博物館は子ども科学館ですが、子どもから大人までを対象に数多くのクラスを行っています。
199 Museum Way、554-9600

すべて見どころと言われるこれらの場所の入場時間は季節によって変わります。時間やその時の催しの詳細は事前に電話で確認してください。（本書掲載の電話番号の局番は全て415です。）サンフランシスコは一日の時間常によっても気候が変わりやすいので、重ね着をした方がよいでしょう。

湾岸の街を楽しんでください！